# El cuento de Carina Felina

## Carmen Agra Deedy y Henry Cole

SCHOLASTIC INC.

El lío empezó
cuando Pepe el loro
se enamoró de...

¡una gata!

Convencido de que la ruta hacia su corazón felino pasaba por su estómago,
Pepe la invitó a cenar a su casa.
Horneó 100 galletas cubanas.
Preparó café.
Se puso colonia debajo del pico.

Y con el corazón acelerado, se puso a esperar a que llegara su amada.

—¡RRRRRRRRRRR!

Todo pasó tan rápido que Pepe, estupefacto, solo pudo contemplar la escena horrorizado. Su invitada entró como un cohete por la ventana y aterrizó en la mesa, donde devoró 99 de las 100 galletas.

—¿Solo me dejaste una? —graznó Pepe—. ¿Quién te crees que eres? ¿Qué pasó? ¿Te comieron la lengua los ratones?

La gata se metió la última galleta en la boca y farfulló:

—¿Mmmm mmmm mmmmm?

—¡Soy Carina Felina!
Hago lo que me da la gana
y no me importan tus quejas.
¡Quítate de mi camino
o te comeré en bandeja!

El loro, indignado, se negó a moverse.

—¡No te tengo miedo!

—**Todavía** —dijo la gata.

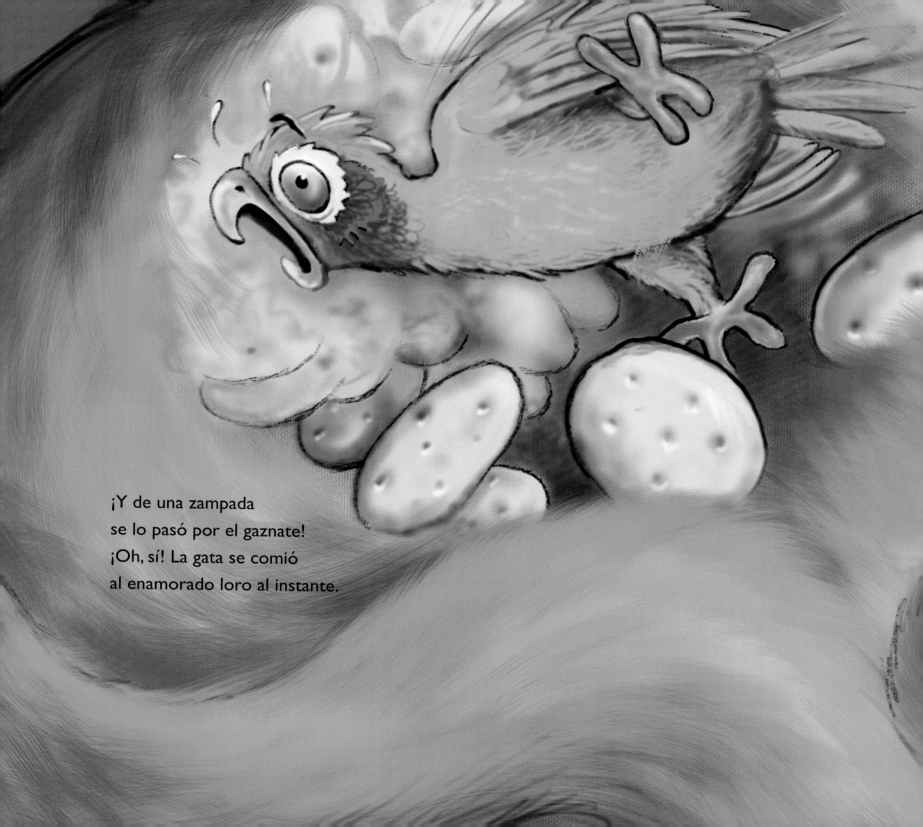

¡Y de una zampada
se lo pasó por el gaznate!
¡Oh, sí! La gata se comió
al enamorado loro al instante.

Pepe bajó, bajó y bajó por la garganta de Carina
hasta llegar a su panza, donde cayó
sobre un montón de galletas blandas.

Llena de orgullo,
y de loro,
Carina se marchó a la plaza del mercado.
Al pasar por al lado de una florista, le arrancó de un
mordisco las flores a dos de sus más preciados lirios.

La mujer se paró de un salto y bramó:
—¿Quién te crees que eres?

—¡Soy Carina Felina!
Hago lo que me da la gana
y no me importan tus quejas.
¡Quítate de mi camino
o te comeré en bandeja!

—¡No te tengo miedo! —dijo la
florista, resoplando.

—*Todavía* —dijo la gata.

Y de una zampada
se pasó a la florista por el gaznate,
que, con flores y todo,
terminó junto al enamorado loro al instante.

El carretero no podía creer
lo que había visto.
—¿Quién te crees que eres? —tronó.
La gata meneó la cola y cantó:

—¡Soy Carina Felina!
Hago lo que me da la gana
y no me importan tus quejas.
¡Quítate de mi camino
o te comeré en bandeja!

—¡No te tenemos miedo! —se burló el hombre.

—*Todavía* —dijo la gata.

Y de una zampada
se pasó al carretero por el gaznate,
que, con buey y todo,
terminó junto a la florista y sus flores
y al enamorado loro al instante.

—¿Quién tú eres? —dijo una vocecita.

Carina Felina miró divertida
al niño con el chivo.

—¡Soy Carina Felina!
Hago lo que me da la gana
y no me importan tus quejas.
¡Quítate de mi camino
o te comeré en bandeja!

—¡Beeee!
—berreó el chivo.

El niño trató de sonar
tan valiente como su amigo:
—No te tenemos miedo
—chilló.

—**Todavía** —dijo
la gata.

Y de una zampada
se pasó al niño por el gaznate,
que, con chivo y todo,
terminó junto al carretero y su buey,
a la florista y sus flores
y al enamorado loro al instante.

¡DIN! ¡DON! ¡DAN!

Repiqueteaban las campanas cuando a la plaza salieron los felices novios, seguidos de sus invitados.

Pero las risas se apagaron en cuanto vieron a *Ya Sabes Quién*.

—¿Qué es *ESO*? —soltó el novio.

—¡Soy Carina Felina!
Hago lo que me da la gana
y no me importan tus quejas.
¡Quítate de mi camino
o te comeré en bandeja!

—¡Cuidadito cómo maúllas!
—resopló la novia—.
¡No TE tenemos miedo!

—**Todavía** —dijo la gata.

Y de una zampada
se pasó a los novios por el gaznate,
que, con invitados y todo,

terminaron junto al niño y su chivo,
al carretero y su buey,
a la florista y sus flores
y al enamorado loro al instante.

Después de esa gran cena familiar, Carina echó una siesta.

Dos cangrejos que por allí andaban la observaron curiosos.

La habían seguido durante todo el día

y no les había gustado para nada lo que habían visto.

No, no les había gustado ni un poquito.

—¡Soy de la opinión que esa gata glotona se ha pasado de la raya! —siseó
el más pequeño de los cangrejos.

—*¡Mucho más de la raya!* —dijo su hermano—.
¿Estás pensando lo mismo que yo?

El cangrejo pequeño se acercó a Carina.

—Señorita, mi hermano y yo le exigimos que deje de comerse a nuestros amigos...

—¿Y si no lo hago? —ronroneó Carina en un tono peligrosamente dulce.

—Si no lo hace... ejem... tomaremos medidas —dijo el otro cangrejo.

—No les tengo miedo —rio Carina.

—Todavía —replicaron ellos.

Pero... antes de que pudieran hacer el cuento...

¡CHAS!

¡De una zampada se los pasó por el gaznate!

¡Tal como ellos habían previsto!

Y mientras Carina Felina yacía
en un sueño profundo y placentero,
dentro de su panza
la cosa no marchaba bien.
Todos se daban codazos y empujones
y se gritaban improperios
(dirigidos al chivo principalmente).

—¡Basta!

—exclamaron los cangrejitos.

# ¡CLAS! ¡CLAS! ¡CLAS!

¡Los listos crustáceos
hicieron un agujerito
en la pelambre de la gata durmiente!
Y, con mucho sigilo, de la panza salieron...

el cangrejo pequeño y su hermano,
los novios y sus invitados,
el niño y su chivo,
el carretero y su buey,
la florista y sus flores

y Pepe el loro,
¡quien nunca, *NUNCA* más
se enamoró de una gata!

¡Ah! ¿Quieres saber
que pasó con Carina Felina?
Bueno, después de pasar el día remendándose
la pelambre, se convirtió en una comensal
muy, pero que muyyy quisquillosa.

## ¿De dónde salió *Carina Felina*?

Este cuento es una versión caribeña de "El gato y el loro", incluido en la *Antología de literatura infantil* de Edna Johnson, Evelyn R. Sickels y Frances Clarke Sayers (Houghton Mifflin, tercera edición, 1940), que menciona que la historia es originalmente de la India.

Hay muchas versiones de este cuento encantador (especialmente porque tiene *un final feliz*, hasta para la grosera y glotona villana). Sin embargo, no en todas las versiones aparece una gata. En el cuento "Kuratko el Terrible", que todavía se cuenta en la República Checa, el antagonista es un pollo malagradecido. Pueden encontrarse otras versiones en Dinamarca, Suecia y Noruega.

Recuerdo haber escuchado una versión muy simpática de este cuento cuando era niña. Encontré la primera fuente hace muchos años, y desde entonces la he estado contando, pues ha demostrado ser una de las favoritas de los niños.

## Palabras y frases que quizás no conozcas

*gaznate:* garganta

*me da la gana:* querer hacer algo porque sí

*antes de que pudieran hacer el cuento:* antes de poder hacer nada

*se ha pasado de la raya:* sobrepasar el límite, ir demasiado lejos

*te comeré en bandeja:* te comeré fácilmente

*de una zampada:* comer o beber algo rápidamente

# Receta de las galletas cubanas de Pepe

*¡Asegúrate de pedirle ayuda a un adulto!*

De niña comía MUCHO estas galletas, que eran el equivalente de las palomitas de maíz estadounidenses. Son muy sencillas y saben mejor con un poco de mantequilla o —y esta es la variante más popular— con queso crema y mermelada de guayaba. Aquí tienes una receta simple para una merienda muy, pero que muy cubana.

Ingredientes:

- 1 taza de harina
- 3/4 de cucharadita de sal
- 1 cucharadita de levadura
- 1/3 de taza de agua tibia
- 1 1/2 cucharadas de mantequilla derretida (la galleta tradicional se hace con manteca de cerdo)
- Harina de maíz, para esparcir sobre la bandeja de hornear

1. Mezcla la harina, la sal y la levadura en un tazón.
2. Añade el agua tibia y la mantequilla derretida. Mezcla con una cuchara o tenedor hasta que se empiecen a formar grumos del tamaño de un botón.
3. Pon la mezcla sobre una superficie ligeramente enharinada y amásala. ¡Amasar es divertido! Debe tomar entre 4 y 5 minutos para que la masa se sienta suave.
4. Haz una bola y ponla en el tazón. Cubre el tazón con una envoltura de plástico y colócalo en un lugar cálido. La masa debe crecer el doble de su tamaño, pero no te preocupes mucho de no ser así.
5. Coloca la bola sobre una superficie antiadherente. Usa un rodillo para extender la masa hasta que se convierta en un círculo plano de 1/4 de pulgada de espesor (basta con un aproximado).
6. Usa un cortador de galletas de 2 1/2 a 3 pulgadas (o el borde de una lata de 8 onzas vacía y lavada) y corta tantas galletas como dé la masa. (Yo prefiero galletas pequeñas).
7. Con un pincho de madera, hazle cuatro agujeros (semejantes a los de un botón) a cada galleta antes de colocarlas en la bandeja para hornear. También puedes pincharlas con un tenedor.
8. Cubre el fondo de la bandeja para hornear con papel de aluminio, encima coloca papel para hornear.
9. Espolvorea ligeramente el papel para hornear con harina de maíz y luego coloca las galletas encima.
10. ¡NO HORNEES AÚN! Cubre la bandeja con una toalla de limpia y déjala reposar por 20 minutos.
11. Precalienta el horno a 400 °F. Hornea de 10 a 12 minutos. Asegúrate de vigilar las galletas. Tan pronto como comiencen a dorarse, sácalas del horno. Déjalas enfriar por unos minutos... ¡y a disfrutar!

## ¡Salud!

Para Ruby, Sam, Grace, Brady y Chloe.
Y para los valientes jóvenes del
Movimiento San Isidro. — C.A.D.

Para Edniel, con aprecio y
admiración. — H.C.

Originally published in English as *Carina Felina*

Translated by María Domínguez and Abel Berriz

ISBN 978-1-339-01318-3 • 10 9 8 7 6 5 4 3 2 1          23 24 25 26 27 • Printed in the U.S.A.          40 • First Spanish printing 2023

Henry Cole's artwork was sketched with pencil on paper, then drawn and colored digitally using the Soft Brush tool in Procreate. • The text type was set in Gill Sans (TT) Regular. • The display type was set in Janda Curlygirl Chunky. • Production was overseen by Jessie Bowman. • Manufacturing was supervised by Katie Wurtzel. • The book was art directed and designed by Marijka Kostiw. • The Spanish translation was edited by María Domínguez.